Hallo,
ein Fahrrad wie Tom Turbo
war als Kind immer mein Traum.
Seit vielen Jahren schreibe ich nun
Toms Abenteuer als Buch- und TV-Serie.
Er ist ein außergewöhnlicher
Freund für mich geworden.
Viel Spaß beim Lesen und Lösen!

www.thomasbrezina.com

Thomas Brezina

Thomas Brezina

LESESTARK mit TOM TURBO

DIE HÖHLE DES ROTEN DRACHEN

Illustrationen von

Gerardo Baró und Pablo Tambuscio

G&G

Hallo!

Wie heißt du?

Mein Name ist ....

Ich bin TOM TURBO.
Das tollste Fahrrad der Welt.

Das ist unser neuer Fall:

DIE HÖHLE DES ROTEN DRACHEN

Löse mit mir und meinen Freunden
Karo und Klaro die Rätsel.
Hinten im Buch findest du
geheime Nachrichten
als Sticker.

Finde den Sticker 1, der hier
hineinpasst. Klebe ihn auf.

GEHEIM:

Mein Trick 50 ist der ...

Jetzt geht es los!

Darf ich vorstellen:

Kamilla
Gundula
und Kilian

Die drei sind Alpakas
und gehören
Onkel Xaver.
Boss 1 und Boss 2
sagen immer:

Onkel Xaver hat uns eingeladen.
Wir sollen eine Ferienwoche bei ihm verbringen. Auf der Fahrt im Zug sehen wir eine spannende Sendung:

Onkel Xaver holt uns vom Bahnhof ab. Als wir bei ihm ankommen, ist etwas seltsam.

Was ist seltsam?

Was ist mit den Alpakas geschehen?
Ich habe sie geschoren.
Das tut den Alpakas nicht weh. Ihr Fell ist wie ein dicker Mantel und zu warm.
So weich!
Daraus wird Wolle gemacht. Ich werde für euch beide einen Pullover stricken.
Und was ist mit mir?

Onkel Xaver verspricht mir einen Schal.
Er hat eine Überraschung für Boss 1
und Boss 2.

Natürlich komme ich mit. Aber die
Alpakas haben Angst vor mir.

Vielleicht hilft mein Trick Nummer 50.
Es ist der ...

Ich will mich in ein Alpaka verwandeln.
Aber es ist gar nicht so einfach.

Wir rollen los. Eigentlich: Wir gehen los. Gundula trottet neben mir. Aber wieso sieht sie mich so an?

Was ist das?
Wer heult da?

Was soll das heißen? Gibt es hier wirklich einen Drachen? Zum Nachforschen muss ich meine Tricks einsetzen. Rückverwandlung los!

Ich wollte die Alpakas nicht erschrecken. Sie flüchten. Onkel Xaver, Boss 1 und Boss 2 laufen ihnen nach. Ich folge ihnen langsam und im Flüster-Gang.

Wo sind die Alpakas?

Gibt es den roten Drachen wirklich?
Er soll in einer Höhle auf dem Berg hausen.
Wo liegt diese Höhle?
Unterhalb des schlafenden Stiers.
WAAAAUUUUUiiiiiiLLLLLL

Onkel Xaver und Boss 2 führen die Alpakas zurück auf ihre Weide. Boss 1 wartet unten, während ich die Höhle suche.

Was soll der schlafende Stier sein?

Ich schalte den Kletter-Gang ein.
Er braucht viel Strom. Stück für Stück
kämpfe ich mich nach oben.

Ich werfe mein Turbo-Lasso aus.
Daran kann ich mich
hochziehen.

Das Brüllen kommt aus der Höhle:

WAAAAUUUUUiiiiii

In der Hölle brüllt wirklich jemand.
Ich kann nicht hinein. Wie aber
komme ich wieder hinunter?
Meine Batterie ist zu schwach.

Hast du eine Idee?
Ich versuche es mit ...

Weil meine Batterie leer ist, muss Boss 1 fest in meine Pedale treten.

Bei Onkel Xaver tanken die Alpakas Heu. Boss 1 und Boss 2 tanken Kirschkuchen und ich lade meine Batterien mit Sonnenenergie auf.

Onkel Xaver zeigt uns ein Buch mit Fotos.

Wir waren dicke Freunde:
Vroni, Otto und ich.

In den Sommerferien haben wir
ein Zelt am Waldrand gebaut.

Beim Picknick zu Mittag
haben wir das Brüllen gehört.

Vroni war die beste Kletterin von uns.
Sie wollte sofort nach oben zur Höhle.
Otto und ich konnten sie nicht
zurückhalten.

STOPP!
Da stimmt etwas nicht!

9

Gut beobachtet, Tom. Ich bin aufgeregt.
Deshalb habe ich mich geirrt.
Es war am Nachmittag.

Vroni ist in die Höhle gegangen.
Otto und ich haben gewartet.
Aber sie ist nicht zurückgekommen.

Nie wieder?

Erst einen Tag später ist sie wieder aufgetaucht. Auf der anderen Seite der Berge. Sie lag am Ufer des Grünen Sees und war klatschnass.

Wie ist sie dorthin gekommen?

Vroni wusste es selbst nicht. Erinnert hat sie sich nur an den roten Drachen.

Der Drache ist riesig. Seine Zähne sind lang und spitz. Er hat sechs Beine und drei Köpfe.

Vroni hat den Drachen gezeichnet.

Dieser Drache sieht aber anders aus.

Wie viele Unterschiede zu Vronis Beschreibung kannst du entdecken?

10

Vroni war völlig durcheinander. Deshalb sind beim Zeichnen die Fehler passiert. Sie hat fast einen Tag lang geschlafen.

Wir müssen mehr über die Drachenhöhle herausfinden.

Onkel Xavers Finger hat auf einmal einen Wackelkontakt.

Nein, nein, nein. Karo und Klaro, ihr müsst mir versprechen, niemals in die Höhle zu gehen. Es ist viel zu gefährlich.

Versprochen!

Am Abend fängt es an zu regnen.
Deshalb spielt Onkel Xaver mit uns im Haus.

WO?

11

Vroni ist Schriftstellerin
geworden. Sie schreibt
diese Bücher.

Bis spät in der Nacht lesen wir
die Geschichten vom roten Drachen.

Der rote Drache
kann wie eine
Schlange durch die
Luft gleiten.

Der rote Drache
verschlingt ein
ganzes Motorrad.

Grusel! Wenn der Drache ein
Motorrad fressen kann, dann
vielleicht auch mich.

Zeitig in der Früh lege ich den Flüster-Gang ein. Langsam rolle ich aus dem Haus. Die Alpakas schlafen noch.

Turbo-Senkrecht-Start!

Ich klappe meine Flügel aus
und fliege los.
Was ist mein Ziel?

Das Wasser des Sees leuchtet in der Morgensonne. So eine Farbe habe ich noch nie gesehen.
Wie ist Vroni hier gelandet?
Schwimm-Trick an! Ich fahre über den See und sehe mich um.

Ich suche etwas ganz Bestimmtes.
Wenn ich IHN finde, dann ist
das Rätsel gelöst.
Was suche ich?

13

Kein Ausgang aus der Höhle zu entdecken.
Es ist lange her, dass Vroni hier war.
Trotzdem suche ich das Ufer ab.
Vielleicht finde ich eine heiße Spur.

Was kommt da?

Niemand steigt aus. Seltsam. Durch die
Fenster kann ich nichts sehen.
Ich will wissen, wer den Wagen lenkt.

Ich fahre näher

und näher

und noch näher

und ganz nahe
heran

und dann ...

Hilfe!
99 Tricks sind gestört.

Ich kann nur Schlangenlinien fahren.

Hast du erkannt,
wo ich aufgewacht bin?

15

Ich weiß auch nicht, wie ich vom
Grünen See auf die andere Seite
des Berges gekommen bin.
Meine Reparatur dauert lange.

Boss 1 und Boss 2 sind ein wenig sauer. Es ist besser, sie warten vor der Höhle auf mich. Ich werde ihnen Bilder funken. Bei Gefahr müssen sie Hilfe holen.

Die Suche nach dem roten Drachen beginnt. Immer tiefer und tiefer rolle ich in die Höhle. Eiskalt ist es hier. Wasser tropft von oben herab. Turbo-Regenschirm auf!

Verwunderung!
Die Wände hier sehen seltsam aus.
Sie erinnern mich an etwas.
Aber an was?

Schock!
Das Brüllen kommt
aus allen Gängen.

Aus welchem Gang kommt
das lauteste Brüllen?

18

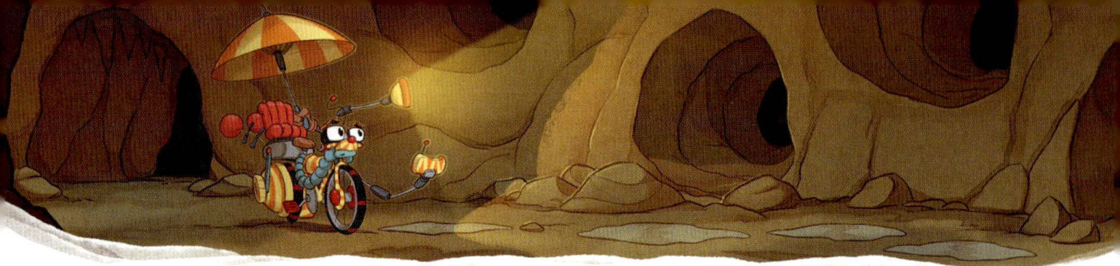

Ich fahre in den Gang, aus dem das lauteste Brüllen kommt. In den Wänden gibt es viele Löcher. Das sieht aus wie Emmentaler Käse.

Die Höhle sieht aus wie ein Palast. So viele prachtvolle Säulen.

Überall sonst ist es stockfinster.
Woher kommt das rote Licht? Ich rolle
im Flüster-Gang darauf zu.

Wir müssen selbst gehen. Vielleicht hat Tom eine Panne. Nur wir können ihn reparieren. Onkel Xaver versteht das. Er knotet die Kletterseile zusammen.

BETRETEN VERBOTEN!
GEFAHR!
Ich bleibe hier und halte das eine Ende fest. Ihr das andere. So findet ihr auch wieder aus der Höhle heraus.
In welchen Gang ist Tom gefahren?
Von wo kam das lauteste Brüllen?
20

Tom!
Boss! Hilfe! Antennen-Bruch und kein Funk-Kontakt.
Ich zeige Boss 1 und Boss 2, was ich entdeckt habe. Es ist unglaublich.
Der rote Drache ist aus Stein.
Das sind rote Tropfsteine.

Die Sonne scheint von oben
durch ein Loch in die Höhle.
Das Licht lässt das Gebilde
wie lebendig aussehen.
Wieso aber kann der Drache brüllen?
Ist hier ein Lautsprecher versteckt?

Ich bin gespannt, wo der Gang hinführt.
Auf einmal geht es steil nach unten.
Der Boden ist nass und rutschig.

ALARM!

Der Gang teilt sich. Wo sind Boss 1 und Boss 2?

22

Wir sind ins Wasser gefallen. Es ist kalt.

Vroni lag am Ufer und war nass.
Es muss einen Ausgang aus dieser
Wasserhöhle geben. Wo kann er sein?

Hier sieht es aus wie in einem Museum.
Wer hat all diese Statuen hier versteckt?

Das Brüllen ist kein Brüllen.
Es kommt von dort vorne.

Ein Lift für schwere Lasten. Er macht das Geräusch. Durch den Hall in der Höhle klingt es wie ein Brüllen.
Hey, Miki Maulwurf ...
Er heißt Moritz Mäuschen.
Nein, Sammy Stinktier.
Ich heiße ...
24

Jetzt wird mir einiges klar. Im Kastenwagen war Rudi Ratte. Er kennt den Trick, wie man mich ausschaltet.

Ich wurde im Wagen auf die andere Seite des Berges gebracht, damit ich hier nichts entdecke.

Rudi Ratte und sein Vater sind Museumsdiebe. Sie rauben seit vielen Jahren. Aber nicht mehr lange.

Mit dem Turbo-Sprung sause ich nach oben zum Tor.

Mit dem Turbo-Lenkstrahl steuere ich den Wagen direkt vor das Tor. Niemand kommt mehr raus.

Ich rufe die Polizei. Sie wird sich über den Fund freuen. Aber zuerst muss ich Boss 1 und Boss 2 finden. Sind sie noch in der Höhle? Was meinst du?

26

Wie gut, dass meine Freunde
mir so viele Geräte eingebaut haben.
Das hier ist ein Fall für den Turbo-Fön.

Im Schnell-Gang zurück zu Onkel Xaver.
Er wartet noch immer vor der Höhle
und ist glücklich uns wiederzusehen.

Am Abend kommt Vroni, die Schriftstellerin, zu Besuch. Wir erzählen ihr, was wir erlebt haben.

Viele Monate später holt uns Onkel Xaver von zu Hause ab. Er hat eine große Überraschung für uns drei.

Viel besser: In der Buchhandlung stellt Vroni ihr neues Buch vor.

(Zeichne dich hier oder kleb ein Foto von dir ein)

Wir sind so stolz.
Vroni schreibt
in unsere Bücher.

Danke an die besten Detektive der Welt!
Vroni Fabeloni

Tom Turbos Geheimbuch

In Tom Turbos Geheimbuch steckt eine Menge turbotoller Überraschungen: Gemeinsam mit Karo, Klaro und Tom macht ihr euch auf die Suche nach der ferngesteuerten Roboter-Krähe, löst Rätsel und geht auf Verfolgungsjagd. Es erwarten euch neue Mini-Fälle zum Mitraten, schlaues Detektiv-Training und ein Quizspiel. Pssst! Nicht weitersagen: mehr über Toms 111 Tricks und die größten Geheimnisse von Fritz Fantom & Co.

ISBN 978-3-7074-2582-6

www.ggverlag.at
www.thomasbrezina.com

ISBN 978-3-7074-2671-7
1. Auflage 2025
Text: Thomas Brezina
Illustration: Gerardo Baró und Pablo Tambuscio
Lektorat: Tamara Kurzbauer und Joanna Storm
Druck und Bindung: Finidr, s.r.o., Lipova